♡ Gastón ha desaparecido ♡

¡Lee todas las aventuras del Diario de una Lechuza!

DIARIO DE UNA LECHUZA

♥ Gastón ha desaparecido ♥

Rebecca Elliott

BRANCHES

SCHOLASTIC INC.

A mamá y papá, quienes siempre me encuentran cuando estoy perdida.—R.E.

Un especial agradecimiento a Eva Montgomery.

Originally published in English as *Owl Diaries #6: Baxter Is Missing*

Translated by Juan Pablo Lombana

ISBN 978-1-338-32973-5

10 9 8 7 6 5 4 3 2   19 20 21 22 23

Printed in China   62
First Spanish printing 2019

Book design by Marissa Asuncion

♥ Contenido ♥

♥ ¡Volvemos a encontrarnos! ♥

Domingo

Hola, Diario:

    ¡Soy yo, Eva Alarcón! Sigo viviendo en Arbolópolis. Sigo ocupadísima. Y sigo adorando muchas cosas...

Adoro:

Mis acuarelas
nuevas

Sacar a Gastón
a volar

Mi maestra

Hornear galletas

La palabra <u>globo</u>

Crear
nuevos clubes

Leer libros de
Lechuza Ninja

Escribirles a
mis amigas

<u>No adoro</u>:

A Marcial, la mascota de mi hermano

Que Gastón persiga ardillas

La palabra <u>repollo</u>

<u>Comer demasiadas galletas</u>

Irme a dormir cuando todavía es de noche

Ver a papá bailar

Tender mi cama

Perder cosas

¡Mi familia es **ALAVILLOSA**!

En esta foto estamos en un pícnic:

Papá

Yo

Mamá

Javier

Bebé Mo

¡Aquí estoy con mi mascota, mi lindo murciélago Gastón!

¡Ser una lechuza también es **ALAVILLOSO**!

Dormimos todo el día.

¡Estamos despiertas por la noche!

Hacemos nuestros nidos en los árboles.

¡Y podemos volar muy rápido!

¡ZUUM!

Vivo en la Avenida Pinoverde. Mi casa es la número 11. Lucía Pico vive en la número 9.

Somos las mejores amigas, y nuestras mascotas son buenos amigos. Aquí están disfrazados con trajes espaciales:

Gastón

Rex

Lucía y yo estamos en la clase de la Srta. Plumita. Esta es la foto de nuestro salón:

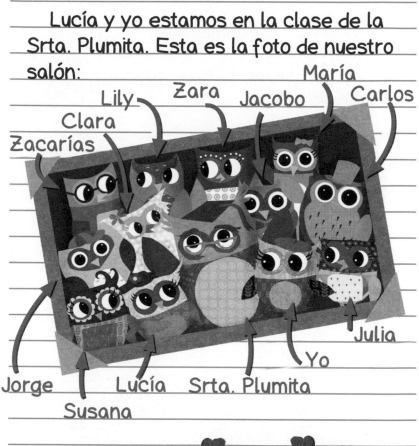

María
Zara Jacobo Carlos
Lily
Clara
Zacarías

Julia
Yo
Jorge Lucía Srta. Plumita
Susana

¡Tengo ganas de ver a mis amigos mañana en la escuela! ¡Me voy a dormir!

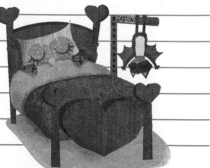

♡ El Club de los Cuentistas ♡

Lunes

En la escuela, la Srta. Plumita nos habló de un concurso **PLUMOROSO**.

Haremos un concurso de cuentos. ¡El premio son libros de Lechuza Ninja <u>firmados</u> por la autora!

¡Nos encantan los libros de Lechuza Ninja! ¡Todos estábamos muy emocionados!

Algunos de mis compañeros inventaron un cuento ahí mismo.

Zara está usando sus fotografías para escribir sobre el Viejo Roble.

Carlos está escribiendo sobre un superhéroe llamado Capitán Lechuza.

Susana está escribiendo sobre ella misma.

Y a mí... no se me ocurría ni una sola idea sobre qué escribir.

Cuando no sepas qué hacer, ¡haz un club!

¡Qué bien!

¿Qué harán en el club?

Oigan, hagamos un club de cuentistas para los que no sepan sobre qué van a escribir.

Haremos actividades creativas para tener ideas.

¡Me apunto!

¡Yo también!

¡Esta noche tendremos nuestra primera reunión!

Después de la escuela, volamos a mi casa. Saqué mis nuevas pinturas y todos empezamos a pintar.

Entonces, ¡nos pusimos a jugar con la pintura! ¡Fue muy divertido!

Hasta que mamá entró.

¡Me encanta que parezcan obras de arte moderno! ¿Pero no creen que es hora de limpiar?

Más tarde, saqué a Gastón a volar. Estaba pensando en el cuento cuando él me llevó hasta el Viejo Roble.

Seguramente olió una ardilla. Siempre las está persiguiendo y le encanta que ellas lo persigan a él.

Llevé a Gastón de vuelta a casa.

Me puse a pensar en el cuento. ¡Pero solo se me ocurrían ideas horribles! Quizás necesito un buen día de sueño...

¡Pero hace mucho calor! Abriré la ventana primero.

Mejor así.

Buenos días, Diario.

♥ ¿Dónde está Gastón? ♥

Martes

¡Ay, Diario! ¡Pasó algo terrible!
¡Me desperté y Gastón NO ESTABA!

Lo busqué por todas partes...

¡pero no estaba en NINGÚN lugar!

Entonces vi mi ventana abierta.
¡Debió de haber salido volando mientras
dormía!

No he debido abrirla. ¡Es mi culpa!

Mamá hizo **LOMBRITORTILLAS** de desayuno, ¡mis favoritas! Pero no pude comer nada.

No te preocupes. Estoy segura de que Gastón regresará pronto.

Tu papá tiene razón. Gastón es un buen murciélago. No tardará en volver.

Te presto a Marcial si quieres.

A veces Javier es un cabeza de ardilla.

Me parecía increíble tener que ir a la escuela después de lo que había pasado. Pero la escuela estuvo chévere.

Actuaremos algunas historias conocidas para que se inspiren, así que elijan una pareja.

Todos interpretamos escenas famosas de libros y películas.

La guerra de las alaxias

Lechuzo y Julieta

Harry Ulula y el nido secreto

Peter Alado y el Capitán Emplumado

Blancanieves y los siete buhitos

La bella y el búho

Fue divertido, pero seguía preocupada por Gastón.

A la salida de la escuela buscamos a Gastón. Rex trató de olfatearlo, pero terminó persiguiendo una ardilla. ¿Qué tienen las mascotas con las ardillas?

Al poco rato, volvimos a casa.

Ay, Gastón, mi adorado murciélago. ¿Dónde estarás?

4

♡ El Club de Gastón ♡

Miércoles

Cuando me desperté, Gastón no había regresado.

Antes de ir a la escuela, Lucía vino a hacer carteles conmigo.

Los pusimos por todo el bosque.

Debíamos ir a clase, así que no pudimos perseguir a las ardillas.

Sabía que necesitaba un plan para encontrar a Gastón, así que les conté a todos lo sucedido, y comencé un nuevo club.

Después del almuerzo, la Srta. Plumita me sorprendió.

Eva, oí que tu murciélago se perdió. Como todos queremos ayudarte, hoy haremos camisetas para ayudar a correr la voz.

¡Gracias! ¡Las camisetas servirán de mucho!

Hicimos unas camisetas **ALAVILLOSAS**. (A Gastón le van a encantar).

¡Qué dulce que todos hayan ayudado a hacerlas!

El Club de Gastón se reunió después de clases.

Dividimos la búsqueda entre todos.

Clara, Carlos, Jacobo, Lily y Zara fueron casa por casa repartiendo fotos de Gastón.

María, Susana y Zacarías pegaron carteles en los árboles.

Pero Diario, los carteles que Lucía y yo habíamos pegado ya no estaban. ¡Qué ardillas tan malas!

Jorge y Julia se pusieron a vigilar a las ardillas para que no robaran más carteles.

¡OIGAN!

Lucía y yo volamos buscando pistas.
Pero no encontramos nada.

Me siento mejor porque sé que todos
me están ayudando a buscar a Gastón.
Solo espero que vuelva a casa mañana.

5

♥ El Viejo Roble ♥

Jueves

Esta noche, todos trabajaron en sus cuentos en la escuela. Pero yo solo tenía cabeza para Gastón.

Eva, ¿por qué no escribes sobre Gastón? Quizás eso te haga sentir mejor.

Buena idea, Lucía. Voy a intentarlo

Así que escribí sobre...

todos los disfraces que a Gastón le
gustaba ponerse...

el día que aprendió a volar y
se estrelló contra un árbol...

la vez que escondió una de
las pantuflas de papá en el
inodoro...

el día que lo enseñé a
saltar un aro...

y la carita linda que pone
cuando lo abrazo.

Escribir sobre Gastón me hizo sentir
mejor. Pero también me puso triste.

El Club de Gastón se reunió en el recreo.

¿Cuándo fue la última vez que lo viste?

Dinos todo lo que pasó ese día.

Traté de recordarlo <u>todo</u>.

El lunes lo saqué a pasear. Quería ir al Viejo Roble. Creo que estaba persiguiendo a una ardilla. Luego, volamos a casa. Me acosté a dormir. Entonces, abrí la ventana porque hacía calor. Me dormí y por la mañana... había desaparecido.

Cuando llegamos al Viejo Roble después de la escuela, deseaba oír los mismos chillidos que oyó Jorge. ¡Pero estaba lloviendo muy fuerte!

Buscamos y buscamos. Hasta que...

¡Lily encontró algo! Me lo entregó.

Buscamos hasta que terminamos empapados y congelados.

Por fin, volvimos a mi casa en el árbol para tomar una taza de sirope hirviendo. ¡Al instante nos calentamos!

Deseaba que Gastón también estuviera en un lugar seco y calentito.

Cuando todos se fueron a sus casas, mamá vino a mi cuarto.

Qué bueno que tus amigos te estén ayudando a buscar a Gastón, cariño.

Lo sé, mamá, pero ahora estoy más preocupada. Gastón <u>nunca</u> se quita el collar. Debe de estar en peligro.

♥ ¡Ardillas fastidiosas! ♥

Viernes

Tan pronto llegué a la escuela, Zara se me acercó volando. No se veía contenta.

Revisé las fotos, pero Gastón no aparece en ninguna. Creo que las tomé desde muy lejos. Lo siento, Eva

Está bien. Gracias por intentarlo.

Después tuvimos clase de ciencias. Usamos lupas para observar hojas, insectos y piedras de cerca.

De repente, Zara ULULÓ. Todos la miramos.

Eva, acabo de usar la lupa para ver mis fotos y... ¡mira!

¡Ahí estaba! Muy pequeñito, en el fondo de una de las fotos de Zara.

¡Lo sabía! ¡Esas ardillas fastidiosas tenían que ver con la desaparición de Gastón! Estaba furiosa, y no paré de hablar de eso en todo el día.

Al salir de la escuela, Zacarías sacó el tema.

No todas las ardillas son malas, Eva. Yo tuve de mascota una ardilla que se llamaba Jacinto. ¡Era muy simpática!

Las ardillas pueden ser agradables.

Y lindas.

No deberías culparlas antes de saber exactamente qué pasó.

Entonces, me quedé boquiabierta con lo que Lucía dijo después...

A Gastón le gusta perseguir ardillas tanto como a ellas les gusta perseguirlo a él. Así que lo que pasó seguramente es culpa de Gastón tanto como de las ardillas.

¡Gastón no tiene culpa de estar perdido! ¡ES CULPA DE LAS ARDILLAS!

Me sentí mal por haber gritado. ¡Pero es que estaba MUY preocupada por Gastón!

Durante la cena, seguí hablando de las ardillas. Entonces, cuando me iba a dormir, Javier entró por la puerta.

Oye, es verdad lo que te dijeron tus amigos. Las ardillas pueden ser chéveres.

Pero huelen mal y nos roban la comida.

¡Eso mismo dices de mí! Y no <u>todas</u> huelen mal. Ah, y solo roban comida cuando tienen hambre.

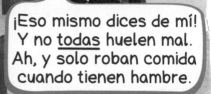

Está bien, lo que digas, Ala partida.

Oye, Apestosa, que duermas bien.

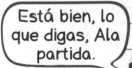

Diario, estoy SEGURA de que las ardillas le hicieron algo a Gastón. ¿Será que lo llevaron al bosque y se perdió? Si no, ¿por qué <u>todavía</u> sigue desaparecido?

♥ Gastón el héroe ♥

Sábado

Me desperté sintiéndome mal por haberme molestado con mis amigos. Pensé que ya nadie querría volver al Club de Gastón. Pero en eso llegó Lucía, ¡lista para salir a buscar a mi murciélago!

¡Gracias por venir! Y perdón por lo que dije ayer.

No te preocupes, Eva. Sabemos que estás triste.

Hicimos una lista de todo lo que sabíamos antes de salir a buscar a Gastón:

1. Gastón persigue a las ardillas

2. Las ardillas persiguen a Gastón

3. Hay muchas ardillas alrededor del Viejo Roble

4. Jorge oyó chillidos que salían del Viejo Roble

¡Ñiiii!

5. El collar de Gastón estaba en el Viejo Roble

6. Hay una foto de Gastón cerca del Viejo Roble el martes

Cuando llegamos al árbol, ¡había ardillas por todas partes!

¡Miren, las ardillas quitaron los carteles! ¡Voy a ver por qué!

¡Espera, Eva!

Mira. Están haciendo algo con los carteles.

Sí... ¿Qué hacen?

No lo sé, ¡pero vamos a averiguarlo!

Nos quedamos observando a las ardillas...

Las ardillas estaban
metiendo los carteles
(y cualquier cosa que
pudieran encontrar) en
un hoyo pequeño en el
tronco del árbol.

Corrí hacia el hoyo. Las ardillas se veían tristes. Nunca las había visto así. Entonces, me asomé al hoyo y vi...

¡Ahí estaba! ¡En el fondo del hoyo!
¡Y sujetaba un bebé ardilla en los brazos!

¡Gastón es un héroe! ¡Debió meterse ahí para salvar al bebé ardilla!

¡El collar debió de habérsele caído!

Y quedó atrapado porque el hoyo es muy pequeño y no puede salir volando.

¡Miren! Las ardillas le han llevado comida y agua.

Y han estado metiendo los carteles y otras cosas en el hoyo para que pueda trepar y salir.

¡Las ardillas no son raras! ¡Solo estaban tratando de ayudarlo!

¡Gracias, ardillas! ¡Y no se preocupen, sacaremos a su bebé de ahí!

Nos quitamos las camisetas de Gastón y las metimos en el hoyo. Gastón comenzó a subir por la pila de camisetas con el bebé en los brazos.

¡Recordé el mejor truco de Gastón! Volé hasta el suelo y recogí algunas ramitas para hacer un aro.

Gastón salió del hoyo saltando a través del aro, ¡y cayó en mis brazos!

¡Estaba feliz de volver a verlo!

Y las ardillas también estaban felices de ver bien a su bebé.

(¡Debo admitir que se veían muy lindas!)

Cuando volvimos a casa, le serví a Gastón su comida favorita.

Luego le leí su cuento favorito.

¡Es **ALAVILLOSO** volver a tenerlo en casa!

Ah, y Diario, ¡estaba <u>MUY</u> equivocada acerca de las ardillas! Nunca volveré a decirle cabeza de ardilla a nadie. (¡A menos de que haya hecho algo muy tierno!)

Ahora necesito ver cómo voy a agradecerles a todos por ayudarme a encontrar a Gastón.

¡Ya sé! ¡Mañana les haré una fiesta!

♡ ¡Fiesta! ♡

Domingo

Hola, Diario:

¡Estuvimos de fiesta todo el día! ¿Sabes dónde? ¡En el Viejo Roble, por supuesto!

Todos los que ayudaron a Gastón vinieron. ¡Hasta la banda de Javier! ¡Fue realmente **PLUMOROSO**!

Después de la fiesta, Gastón y yo volamos a casa. Lucía, Jorge y Julia nos acompañaron.

Tengo ganas de ir a la escuela mañana. He escrito un gran cuento para el concurso.

¡Yo también! ¡Se me ocurrió una buena idea después de que jugamos con pintura!

¿Cómo te va con tu cuento, Eva?

¡AAAYYYYYY!

¡SE ME OLVIDÓ POR COMPLETO EL CONCURSO DE CUENTOS DE MAÑANA!

Pero, de repente, ¡la MEJOR idea del mundo me vino a la mente! Me quedé despierta hasta que salió el sol.

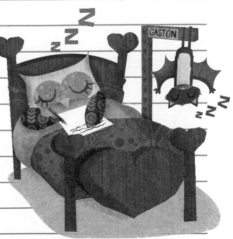

♡ Una invitada especial ♡

Lunes

Hola, Diario:

¡Hoy en la escuela sucedió algo **ALATÁSTICO**!

¡Tenemos una invitada especial! Por favor, démosle la bienvenida a Rebeca Lechuziott, ¡la autora de los libros de Lechuza Ninja!

¡Estoy muy contenta de estar aquí y tengo muchas ganas de escuchar sus cuentos!

No lo podía creer. ¡La autora de los libros de Lechuza Ninja ESTABA en nuestro SALÓN!

Todos leímos nuestros cuentos. ¡Estaban **ALAGNÍFICOS**!

El de Jorge trataba de un dragón que se hace amigo de una lechuza.

El de María era sobre una lechuza que visita una ciudad.

El de Julia era sobre un pincel mágico.

El de Susana era sobre la "Princesa Susana".

¡Y el cómic de Carlos era sobre el Capitán Lechuza!

Pero el cuento con fotos de Zara fue mi favorito. ¡Era lindo y gracioso!

Después me tocó leer a mí.

Es tu turno, Eva. Y traes un invitado especial, ¿no?

¡Así es!

Mi cuento es sobre Gastón, la mejor mascota del mundo...

Cuando terminé de leer, Rebeca Lechuziott voló al frente del salón.

Me alegré mucho por Zara. ¡Se lo merecía! (¡Y dijo que compartiría los libros con todos nosotros!) A mí me hubiese gustado ganar, pero ya yo había recibido un gran premio: ¡había encontrado a Gastón!

Luego, Rebeca Lechuziott dijo que podíamos hacerle preguntas. Alcé el ala rápidamente.

¿Cómo se le ocurren sus cuentos?

¡Pues no es fácil! Solo trato de escribir sobre cosas que conozco y que me hacen feliz. ¿Y tú, Eva? ¿Sobre qué te gusta escribir?

Pensé mucho antes de responder...

También me gusta escribir sobre cosas que conozco y que me hacen feliz, como mis amigos y mi familia. Y, además, me gusta escribir sobre cosas que pensé que conocía pero que había juzgado mal, como las ardillas. Al final resultaron ser muy chéveres.

Por suerte, tengo a Gastón para que me enseñe cosas así. Él es muy listo. ¡Me encanta escribir sobre él! Te amo, Gastón.

¡Nos vemos pronto, Diario!

Rebecca Elliott se parecía mucho a Eva cuando era más jovencita: le encantaba mantenerse ocupada y pasar el tiempo con sus mejores amigos. Aunque ahora es un poco mayor, nada ha cambiado… solo que sus mejores amigos son su esposo, Matthew, y sus hijos. Todavía le encanta mantenerse ocupada horneando pasteles, dibujando, escribiendo cuentos y haciendo música. Pero, por más cosas en común que tenga con Eva, Rebecca no puede volar ni hacer que su cabeza dé casi una vuelta completa, por mucho que lo intente.

Rebecca es la autora de JUST BECAUSE y MR. SUPER POOPY PANTS. DIARIO DE UNA LECHUZA es su primera serie de libros por capítulos.

JUN 2020

DIARIO DE UNA LECHUZA

¿Cuánto sabes sobre "Gastón ha desaparecido"?

¿Qué le gusta perseguir a Gastón? ¿Cómo se siente Eva al respecto?

¿Dónde está Gastón? ¿Cuáles pistas ayudaron al Club de Gastón a encontrarlo?

¿Qué piensa Eva de las ardillas al principio de la historia? ¿A la mitad? ¿Al final? ¿Por qué cambió de opinión?

A Eva le gusta escribirles cartas a sus amigos. Escríbele a uno de tus amigos una carta sobre un día divertido que hayas pasado con tu mascota, una amiga o alguien de tu familia.

Hay muchas cosas que Eva adora y muchas que no. Elige algo de las páginas 2 a la 5. Luego, escribe un párrafo corto explicando por qué lo adoras o por qué no.

scholastic.com/branches

PIRATES GALORE

Anna Nilsen

LITTLE HARE

www.littleharebooks.com

THE STORY SO FAR...

The five treasure-hunting pirate captains are back. They've heard rumours that a hoard of treasure is hidden on one of the islands in Barracuda Bay and they're about to begin their search. Gull Island is the starting point, because that is where each captain has found a clue that might lead to the treasure...

Bluebeard has spotted the end of a pink rope.

One-eyed Suzie has found a compass bearing carved into a disc.

The Crimson Sultan has discovered a scroll with co-ordinates written on it.

Scarf-ace Sam has come across a giant domino with symbols on it.

Bangled Bertha has stumbled on a red arrow.

HOW TO FIND THE TREASURE

Each captain has a map of Barracuda Bay. To discover where each captain ends up, you can use their map to follow them from island to island around the bay. Only one of the captains has the clue that leads to the treasure. Which pirate captain is it?

MAPS AND CO-ORDINATES

This map appears on every page to help you find your way around Barracuda Bay. Before you embark on your journey, you'll need to know more about maps and co-ordinates.

The map is divided into squares by a grid. The squares of the grid are labelled with letters along the top and bottom, and numbers down each side. A co-ordinate is the square on the map where a letter and number meet. For example, find the letter K along the top and the number 7 down the side. Draw a line down from K and sideways from 7 until you find the square where they meet. That square is the co-ordinate K7.

Each page is a picture of different parts of Barracuda Bay. As you go through the book, you will need to check on the map to find out where you are and where to go next. Each picture has a grid to help you work out where it fits on the map. To help you, each picture is shown on the map with a thick red line around it.

FOLLOWING THE CAPTAINS' CLUES:

Starting from Gull Island, the pirate captains will follow their clues around Barracuda Bay until one of them finds the treasure and one returns to their starting place. You can start with any of the captains.

Bluebeard's Rope

Find Bluebeard and follow his pink rope until you get to the edge of the page. Check the co-ordinate where the rope runs off the page, then look at the map and check the co-ordinates to see where the rope will run to next. Look for the page with that co-ordinate and pick up the trail of the pink rope. What does Bluebeard find?

One-eyed Suzie's Compass Bearing

Find One-eyed Suzie and follow the direction of her compass bearing in a straight line until you find the next compass bearing. Whenever you reach the edge of the page, check the co-ordinate and find out where you should go next using the map of Barracuda Bay. There you will locate the next compass bearing. What will One-eyed Suzie find when the trail finally runs out?

Compass bearings: N=north, or straight up; S=South, or straight down; E=East, or to the right; W=West, or to the left. NW=diagonal to the left; NE=diagonal to the right, and so forth.

The Crimson Sultan's Scroll with Map Co-ordinates

Find the Crimson Sultan and read the co-ordinate on his scroll. Find the square on the map that has that co-ordinate. Once you've found it, go to the square with that co-ordinate to find his next scroll. Read that co-ordinate, check where it is on the map, and continue to follow his trail around Barracuda Bay until it runs out. What does the Crimson Sultan end up with?

Scarf-ace Sam's Dominoes

Find Scarf-ace Sam and look at the symbol on the right-hand side of his domino. Then follow the domino arrow in a straight line until you find the next domino with the same symbol on its *left* side. When you reach the edge of the page, check the co-ordinate. Then check the co-ordinate on the map to see where you must go to next. Look for the page with that co-ordinate. That's where you'll find the next domino. Follow the dominoes around Barracuda Bay until the end of the trail.

Bangled Bertha's Red Arrow

Find Bangled Bertha and follow the direction of her arrow in a straight line until you find the next red arrow. When you reach the edge of the page, check the co-ordinate, then check the co-ordinate on the map to see which co-ordinate you must go to next. That's where you'll find the next red arrow and pick up the trail again. Where does Bangled Bertha end up and what does she find?

All you need to do now is choose your captain and off you go!

THE BIGGEST CHALLENGE OF ALL!!
PIRATE ROUND-UP

On each map in this book you'll see a parchment showing a pirate captain. Each captain wears something special that no other pirate wears. For example, Two-toed Tessa wears a red sash, and Talons Tim has an anchor tattoo. Each captain also has a crew of pirates. Your task is to round up the twelve pirate crews and get them back to their ships. Luckily, the pirate crews all wear the same special something as their captain. Scan through the maps and carefully count the members of each pirate crew. Make sure you keep a list of how many you find, because …

… your task is to work out which ship each crew belongs to!

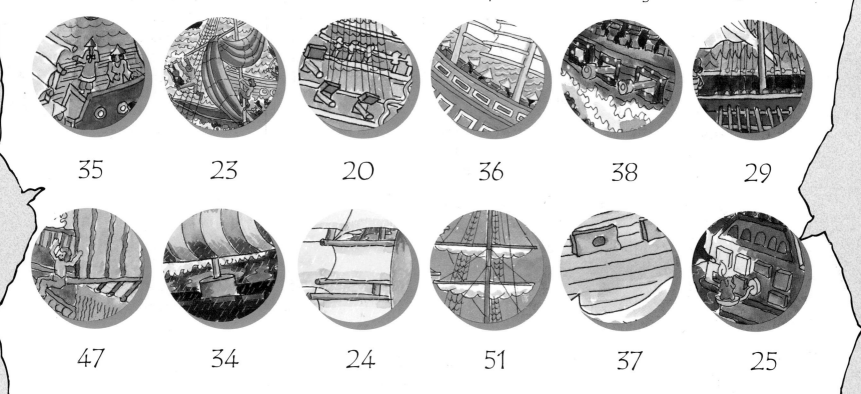

35	23	20	36	38	29
47	34	24	51	37	25

Above are details from the twelve pirate ships. Each has a number below it. These are the number of pirates in each pirate crew. Match your crew lists with these numbers. To work out which ship each crew belongs to, search through the book to match each detail with the correct pirate ship.

BUT THAT'S NOT ALL!!!

To find out if you're right, you will need to see which **pirate flag** belongs to which **pirate ship**, and then remember which **pirate captain** belongs to which **pirate flag**. The captains will be standing beside their correct flags in the **solutions** at the back of the book.

ALL ABOARD!!

Gull Island

Captain Bluebeard and his crew wear gold arm bangles. Look for them everywhere. Don't miss the crew member who came to an early death, or the one who is white with cold! But don't count the captain!

Crag Creek

Captain One-eyed Suzie and her crew wear black eye patches, as they lost their eyes in a brutal sword fight. Can you spot them all, including the one paddling on a log? Remember, don't count the captains!

Volcano Fjord

The Crimson Sultan is captain of a motley crew who wear crimson sashes with long tails flapping in the wind. How many can you spot? Be sure to count only those wearing crimson sashes.

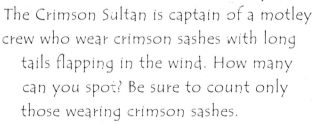

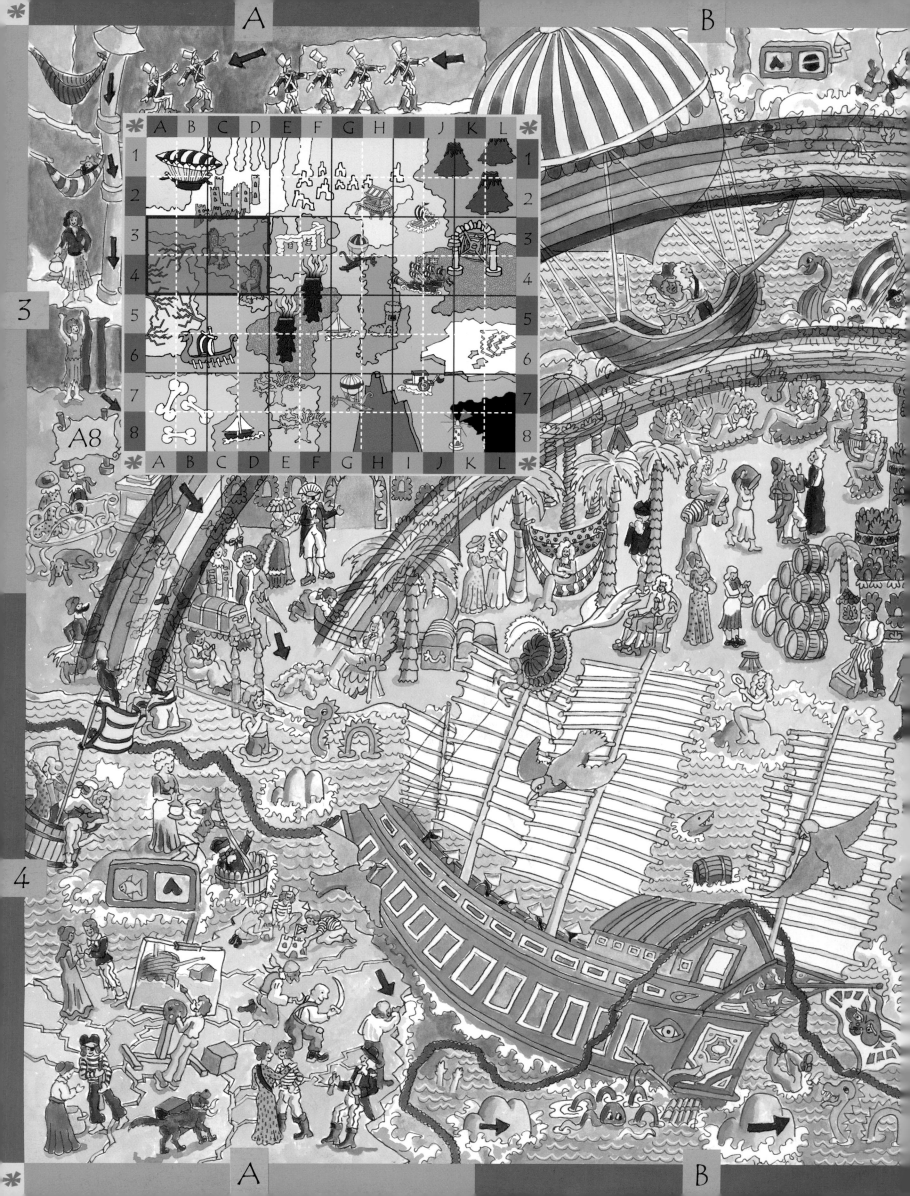

Mermaid Mansion

Bella the Bearded Lady leads a crew of white-haired, bearded female pirates. Seek and count Bella's crew members. (Remember, they all have white hair and beards.)

Crazy Cliffs

Captain Scarf-ace Sam and his crew wear
turquoise-blue neck scarves. Find and count
the members of Sam's crew. Look out for
the crew member somewhere flying a red
and yellow striped flag.

Ragged Ruins

Captain Talons Tim and his crew have anchor tattoos somewhere on their bodies. Can you spot and count them all. including the one who has boarded One-eyed Suzie's ship? And don't miss the pirate doing battle on the back of a turtle!

C

D

5

SE

Flaming Funnels

Captain Harry Hornpipe lost his hand in a
battle and now wears a gold hook
instead—and so do all his crew. Can you
hunt them all down? Be sure to spot the one
who is flying high in a hot-air balloon!

E

6

C

D

Topiary Tributary

Captain Swordfish Sarah and her crew wear bright green feathers in their hats and caps. Look out for green feathers only, as you round up her pirates. Can you spot the crew member who has fallen overboard?

H6

Arctic Icebergs

Captain Two-toed Tessa and her two-toed crew wear bright red sashes across their chests. Check for the bright red sash as you spot and count her crew. Can you see the crew member being held somewhere at gun-point?

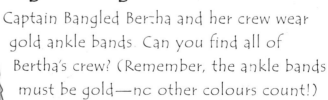

Lightning Cove

Captain Bangled Bertha and her crew wear gold ankle bands. Can you find all of Bertha's crew? (Remember, the ankle bands must be gold—no other colours count!)

Misty City

Captain Jim and his crew all carry lanterns because they are afraid of the dark. Whether it is night or day, their lanterns are always lit—just in case! How many crew members can you find? Look out for the one on crutches— his leg was bitten off by a crocodile!

Lighthouse Bay

Captain Powder Pat had her hair burnt off in a gun-powder explosion and now wears a white wig. Her crew members all wear white wigs, too, to cover their bald heads. Can you spot and count them all?

Solutions

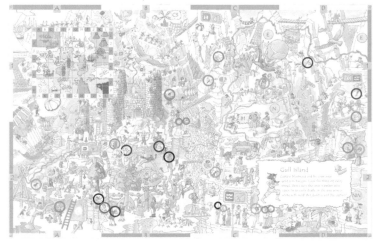

Gull Island

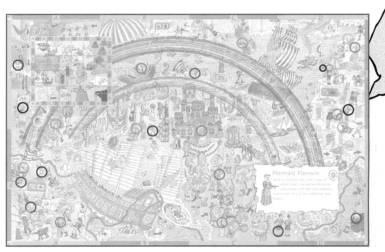

Crag Creek

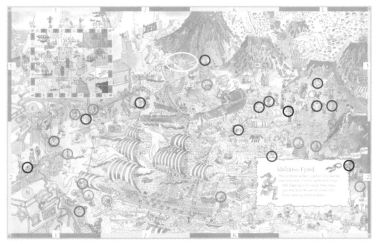

Volcano Fjord

Mermaid Mansion

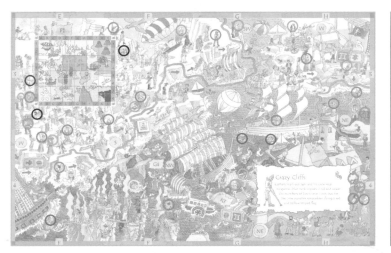

Crazy Cliffs

Ragged Ruins

Flaming Funnels

Topiary Tributary

Arctic Icebergs

Lightning Cove

Misty City

Lighthouse Bay

Ships and Flags Puzzle

Captain Scarf-ace Sam | Captain Bluebeard | Captain Bangled Bertha | Bella the Bearded Lady | The Crimson Sultan | Captain One-eyed Suzie

Captain Swordfish Sarah | Captain Powder Pat | Captain Talons Tim | Captain Two-toed Tessa | Captain Jim | Captain Harry Hornpipe

Captains' Clues Puzzles

Bluebeard finds a spider; One-eyed Suzie finds a boot; the Crimson Sultan finds a golden key; Scarf-ace Sam finds his starting place; and Bangled Bertha finds the treasure!

Little Hare Books
8/21 Mary Street, Surry Hills
NSW 2010 AUSTRALIA
www.littleharebooks.com

Copyright © Anna Nilsen 2007

First published in 2007
Reprinted in 2007

National Library of Australia
Cataloguing-in-Publication entry

Nilsen, Anna.
Pirates galore.

For primary school aged children.
ISBN 978 1 921049 97 2 (pbk.).

1. Pirates - Juvenile fiction. 2. Treasure troves - Juvenile fiction. 3. Map reading - Juvenile fiction. I. Title.

A823.4

Designed by Serious Business
Produced by Pica Digital
Printed in China by Phoenix Offset

5 4 3 2

To Peter
from A.B. & Tara
& Rosie